文字森林
READING FOREST

文字森林
READING FOREST

黑色也是一種顏色

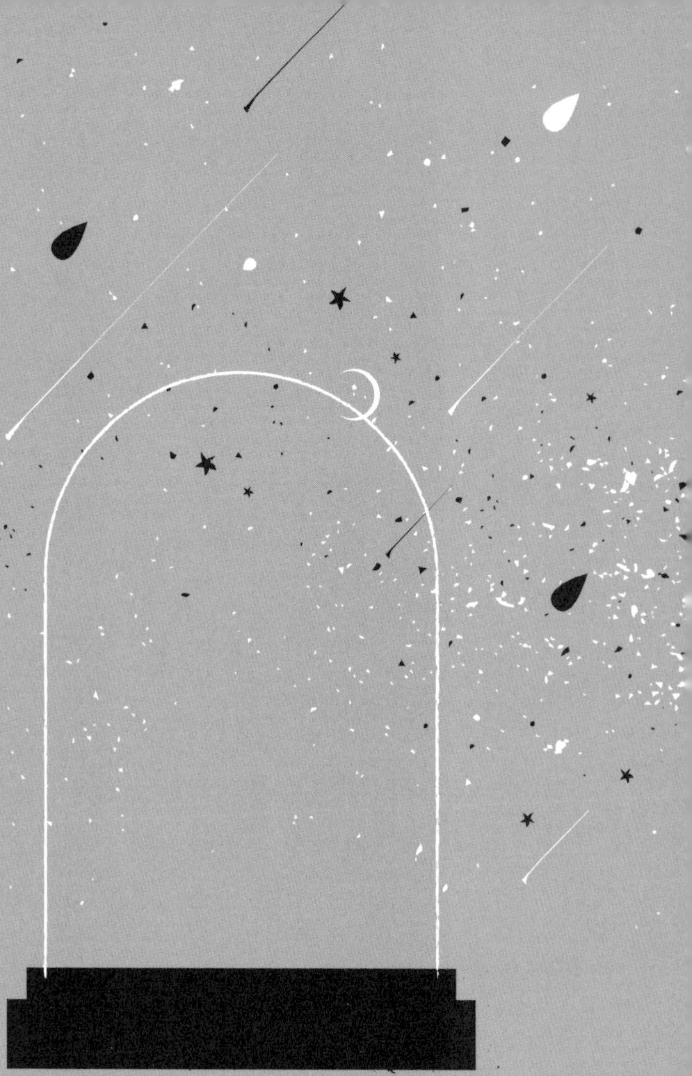

阿嚕
Kaoru ——— 著

將自己關在一個玻璃罩裡，彷彿刺蝟，用盡力氣保護自己。

我常常望著太陽，期盼自己也能自體發光。

可惜我只是月亮，背後布滿你看不見的瘡疤。

在一次又一次週期裡，來回變化擺盪。

目錄

輯二——疼痛

輯三——拼湊

輯五——擁抱

作者序

當我試著擁抱黑色的自己

或許我們都像是刺蝟，隱隱擁抱著心中的黑，害怕不被了解，因而更需要去體會，即使是烏黑的悲傷，也是一種情緒的顏色。情緒的顏色有很多，紅的熾熱、黃的張揚、藍的自由，既然有那麼多顏色，就有個位置是屬於黑的存在。我在這本書裡試圖記錄受傷後的黑色瘀痕，嘗試了解那些或深或淺的黑色都是有意義的，而不是如寫錯字的註記般需要遺忘。

沒有夜晚，哪來白日的可貴。生命中有晴空萬里，也有夢境裡的長電影，主角是我們，演出一遍又一遍相遇與離別。黑色也是一種顏色，愛你與不愛其實沒什麼分別，因為即使分開，我還是會悄悄記得你，記得被塗黑的、軟弱的自己。無論給我多久時間，我的答案還是不會改變，所以我選擇接受，也想告訴讀到這裡的任何人，無論是什麼樣的我們，都值得生於人世，感受著喜怒哀樂。

這本書從「碎裂」到「擁抱」，最初是以為他會回來的仰望，過盡千帆皆不是的傻愣，因為對方在心裡仍舊占了一席之地，縱然他已經遠走，卻還是這樣霸占了所有情感。我的接受與不接受，都不能控制，只能任由他在腦海裡讓我一次一次疼痛著。疼痛以後嘗試著拼湊，是無助卻又得站起的艱難，在人前不肯掉一滴眼淚，也不願吐任何一個關於過去的字，只是靜靜地在空蕩的房裡嘗試把自己拼回原本的模樣，重新相信一切都是好的，美好的遲早來到身旁，卻還是難免留下了瘀痕。那是痕跡，象徵我們曾經在一起，代表著兩人身不由己，你的永遠跟我的不朽終究是擦肩而過。可是到了後來，刺蝟般的我，還是想要擁抱自己、擁抱別人，所以我相信黑色也是一種顏色，遲早我不會再只能蟄伏在你的影子裡，可以走出自己的一條大道，快樂地活，瀟灑地笑——真正明白這樣的自己，也很好；而相聚與離開，也本來就相依相偎著。

傷心並不需要理由，黑色的我們不是需要被塗改的存在。我們不用更好，也已經足夠美好。

輯一

碎裂

還是會想要依賴某一個人，

像是漂泊的船終要靠岸。

只是每一次，我都以為這次就是最後了。

只是寂寞

看著未讀的對話，

習慣了撥不通的號碼，

你在哪，又在做些什麼？

我一無所知，

只是寂寞。

你像煙火，砰地飛上天，讓地上的人們許願。同時綻放出一時燦爛，帶給藏身於黑夜裡的我溫暖，美得讓我恍惚中伸出了手，寄望這是最後一次，每次都說好的「最後一次」。

總是害怕自己沒有下一次再去愛人的堅決，所以格外小心地愛著，因而變得更加彆扭、言不由衷，害怕若回覆了你「我愛你」，你就會感到失去挑戰的意義。

因為有人說，曖昧總是最美的瞬間。

傳了無數的訊息給你，從早到晚；撥了電話給你，都是熟悉的嘟嘟聲，再轉入語音信箱，我沒有留言，只是按下關閉通話鍵。說好了不猜忌、不動搖，但我沒和你說好，能夠視而不見心裡的那些疤——只是寂寞，所以總是受傷，那些因為你而留下的疤。

禮物

我小心翼翼地，
把自己包成一個禮物。
也許你會發現，
但也可能，
我就用一生等待。

想讓你知道，我把我所能給的最好，都給了你；也想讓你明白，當我說「想你」、「愛你」，都不參雜其他任何意義，純粹如日夜，肆意如潮汐，日常如四季。

甚至有時候，我感到「愛」這個字難以明言，於是我把自己包裝成一個禮物，在一個暗箱裡等待，想著什麼時候終將被你打開，而你燦爛的眼睛是否還保持明亮，對我的出現感到期待。

多希望你的每個快樂都與我有關，並且你的苦痛我皆能同理。如此一來，在一段關係裡，兩人都能做彼此的支柱，不必太完美，只要剛剛好，我們都是雙方缺失的那一塊，攜手相伴，看向未來的曙光。

距離

好笑的是，

我明明距離你那麼近，

你卻從不知道，

我喜歡你。

你的眼神總是看向遠方，一個沒有我在的未來，你所繪製的藍圖裡並不包含我的存在。

即使我仍然抱持期待，期待自己就像你說的那樣是個特別的人，期待自己如同他人口中那樣光彩奪目，期待自己活得和我心中一樣奔放自在。

很想告訴你，但我知道說也沒用，所以我選擇了假裝跟你要好、虛偽地當個你以為的朋友，不是因為我想以最近的距離靠近你，而是我明白友誼並不會因為愛與不愛就被銷毀。

我們終究都是膽小的人。不敢告訴你，也不敢向你探問。就這樣，時間在走，日子在過，只要你還在，我就依然會膽小地愛。

抽離

還是會想要依賴某一個人，
像是漂泊的船終要靠岸。
只是每一次，
我都以為這次就是最後了。

原以為自己已經夠努力，而緣分已經足夠。結果仍要繼續流浪，到沒有回憶的地方。

後來的我決定當個自私冷血的壞人，告訴你我什麼都不要了。把自己從世界裡抽離，就不用被太多的關係聯繫，我知道那是關心，只是關心偶爾會像一次次重複惡夢的咒語，所以我選擇了不說，彷彿不說就可以不承認，假裝沒有就可以真的抹去。

我學著說謊，學著不在乎，學著扮演一個不是自己的人。試著讓其他人幸福，卻常常忘記自己也值得快樂。但往後不會了。

因為我喜歡自己笑著的時候，那個時候不會像現在這樣心痛。

記得

我記得我們，毫無理由地大笑，
毫無根據地相看而不厭，
毫無質疑地愛著、愛著，
再任由時間毫不留情地，
沖刷掉累積的一切，
與停留在嘴邊的那句告白。

你說得很明白，希望給彼此一點空間，但我怎麼會不了解你呢，正因為多麼了解，所以強硬地拉起嘴角，點了點頭。

我小小地盼望，也許你會回來。但經過日夜守候，我才終於明白，那個曾經口口聲聲說不讓我受半點委屈的人，已經不是現在的你了；而我也已不是原本唯一那個讓你感到心動的人。

比起忘掉，更希冀自己能夠放下，放下那些熟悉的默契，放下看見了什麼就會想起你的習慣。明白得先放下空蕩蕩的手，才能夠再牽起別人的溫柔。

我不記得最後我們說了什麼，也許有關挽留，或者只是重複承諾。只記得我看了你最後一眼，然後你揮了揮手。那個時候我還不知道，原來那就是最後。原來沉默消逝的那些愛都是真的。

不是不愛你，只是我愛你的形式，並不和你相同。

離別的時候

能陪著走到最後的，
常常不是我們
最愛的那一個人。

好想逃跑，逃到哪裡都好，一個沒有你在的地方，或是一個不再讓我傷感的港灣。

當承諾的時候可以輕易地打勾約定好，那是不是離別的時候，也能只是笑笑地接受，轉身以後，你有你的世界，我有我的天空。

我躺在床上聽歌，把自己想像成一條長河，靜靜地流淌淚水。在伍佰的歌曲〈讓水倒流〉裡有句歌詞是：「悄悄地，我把門打開。」我不敢太澈底地把自己鎖起來，還隱隱地有所期待。因為我怕哪一天你可能會回來，而我們還是一樣，沒有變，也不會變，就像原本那樣相愛。

渴望如常

想要如常地問你：

「你過得還好嗎？

今天是不是有快樂的事情？」

但是刪刪減減，

我終究沒有告訴你。

還是想要流淚啊，過去變得好遙遠，卻還夢想著我們能跟過去一樣，攬著手，靠著肩，然後時間時而凝固、時而快速，就這樣與你度過了一天又一天。

愛是件好難的事，所以我佩服那些堅定勇敢的人，不用害怕失去的瞬間；也敬仰他們能捨能得的心態。或許是我傷得太重，所以無法瀟灑，也可能我根本沒有放下，也不打算放下。

如常便好，想要擁有一面看得見海的窗，無波無瀾，無泛淚的眼眶。

隔絕

每天醒來，都覺得反覆。

你説分開是為了彼此好，

我卻感覺害怕，

以後或許再也沒人像你一樣。

蝸居在家，不願出走；閉上雙眸，不肯睜開。陽光再如何炫目暖和，都對我太過刺眼。其實只是很簡單的一件事而已：把所有人都往外推，把自己關在一個玻璃罩裡面。看得見外面，但也就僅此而已。

我害怕距離的美好被顛覆。後來寧可做個孤單的人，不需要被愛，也不去愛。

漂泊

想你的時候，

其實是在想自己。

想著，那時候的自己真的好快樂，

哪都不去也無所謂，

你在的地方就是港。

你在的地方就是港，能讓我忘掉煩憂，可以任我停靠，依賴在胸膛，不必扮演任何角色，只是靜靜地、暖暖地，誰也沒說話，只讓時間流逝。

我以為我找到了港，不必再茫然尋覓，我的害怕跟驚慌都終於有地方可以安放。在你真的決定離去以前我都不曾放棄過，包含有你餘溫的擁抱，也殘留著希望。

可是任何事都有盡頭，船靠岸以後還是要遠走。牽著的手，也是遲早要放開的。

在那以後，任憑洋流帶著我漂泊，扔掉所有行李，做一個旅人，說服自己愛自由勝過愛人，才不會又一次誤信了燈塔的光芒就輕易地駛往，才不會又為誰忘了白天、黑夜與界線。

像海的你

我看見的你，

宛如海洋，

廣大無際，

愛我卻又不分時刻地改變。

「你愛我嗎？」像是個學術問題，每次面談都要問上一次的那種問題，是試圖找到安全感的證明，所以我一問再問，直到不再去問。

你是海，我像徘徊天際的鳥兒，可是海裡有魚，他們會不會更懂得你的溫度、明白你的浪濤，而我只是偶爾鼓起勇氣親吻過你。

誰也不曉得我的心情，是看著熟悉的你，卻很難觸碰到你，深深凝視，喃喃自語，下輩子好想跟你在一起。瘋也好、狂也罷，只要是你，天涯海角都想和你去。

膽小的我們

當我們終於放下執著，

痛與苦就會少去許多。

例如很輕很薄的一句不愛，很淡很淺的一次離開，很小很靜的一種情懷，學習放下，痛與苦也會少去許多。

如果看著會痛，就不要看了；如果聽見會哭，就不要聽了。這都是很本能的逃避。我們不得不逃避，既已遍體鱗傷，那麼膽小的我們稍微休息一下也是可以的。沒有人會責怪你的軟弱，因為沒有人天生就堅強不屈。

所有的強悍，不過都是膽小的極致，正因為我們懂得弱小，所以才有辦法挺直腰桿，保護自己和所愛之物，懷抱著另一種勇敢。

關於你的事

將手機模式轉成勿擾，

以為這樣就沒有煩惱。

可是關於你的事還是好吵，

怎麼關也關不掉。

有時候被人看得太透徹也是一種煩惱，害怕偽裝被發現，卻又渴望被察覺。

「這是我此生的功課。」我不斷用這樣的話語來束縛自己，盡量地活得有信念，去相信自己的存在是某些人也盼望的事情。

在你走之後，看見誰、碰到誰都像在潛意識裡找尋你的影子。這是第幾次了？已經過去多少日子了？你會想我嗎？我還想你嗎？

你說這是最好的選擇。這是最認真的一次，我相信了你；也是最後一次，我們約定好一件事。好多人問了我關於你的事，我笑了笑，像你走得瀟灑自然。

可是原來我還是不習慣啊，原來心是真的會痛的東西。

假裝

我睡睡醒醒，

起床了就拎件外套穿上，

下樓了就點好

和昨日一樣的午餐。

我讓一切持續，

彷彿你從未離開。

要怎麼形容，才有辦法言語現在的狀況呢？別人都希望我足夠獨立，至少照顧好自己——所以我吃飯、我睡覺、我寫作，但我還是在哭泣，流著無聲的眼淚。知道對方在分開後就不是同一個他，如同明白自己也已經是缺了一角的圓。

我假裝自己快樂又正常，有時候我甚至澈底信了這個念頭，但更多時候，任何事情都戳痛我的神經。

好像自己做錯了什麼，卻無從彌補。如果忘不掉，那就不要忘了吧，承認自己的軟弱，我告訴自己：「沒關係，你沒有那麼寂寞，你只是需要逃避一陣子。」然後，一切都會漸漸好起來的，一切的偽裝，都將成為養分。

向著你

想你的時候我看向藍天，

太陽有些刺眼。

心向著你，

但也知道不能，

再想著你。

靜悄悄地挨著回憶，害怕著一個呼息就會把你的幻影吹散。曾經以為不那麼在意的花草風景，原來都是那般重要又細碎的美好。我沿路撿拾著，放進心中，鎖入盒裡。

後來你說不能再愛我，我懂得，我必須懂得。就像太陽不能直視太久，鳥兒飛久也會疲憊，而愛裡總有幻想的成分，幻想著一愛就能到永遠。

我想，我是欠你一句謝謝。謝謝你，直到最後還是替我著想。

難忘

沒有誰對誰錯，

只有剛好錯過。

能不能睡一場覺，睡醒什麼都遺忘了；或是遇到某個契機，接著往後兩人更加遙遠了。

你曾是我的宇宙，我是一顆星球；或者你是海，我是魚。只是我們都忘了：你愛我，我愛你，而有人說謊了。

人們總說要放下，闔上眼、忘記畫面，明白彼此的句點就要終結，但為什麼還是會那麼不願面對呢？

我們都有缺點，或許正因如此才更加喜歡吧，所以在分開以後，那些瑕疵都變成難忘的傷疤，然後看著你越來越遠的蹤影，明白你並沒有看見，也已經不在意我的眼淚。

想念

想你了，

但是沒資格了。

想你了，但那又如何。名字、長相、聲音、溫度、笑容……一切曾與你有關的事物都漸漸地變成傷痕。

它們並不疼痛，只是看見時總是感到酸楚無奈，我在人們面前莞爾一笑，告訴他們其實也沒有想像中那麼難受。只是我沒說的，是我仍然想回到你還說愛我的那一刻。

分開以後，你去的地方一定很遠吧，所以我才會，怎麼盼望都不見你的蹤跡。

不了解

其實很多時候，
我只是想要體會，
你為什麼那麼做的原因，
譬如特別喜歡哪種食物，
或是總點燃一根又一根的菸。
但最終我們還是不了解彼此。

我們還是分開了，在那麼多所謂的磨合之後。曾經拉著的手，還有只要對看就能理解對方心思的眼神，天不怕、地不怕地走著，但我們終究小看了命運，又或者你說的「不適合」。

我以為只要循著你的腳步就能讀懂你的想法，可是沒有，我仍舊只是愣愣看著我們的合照，心想如果一切都是一場夢該有多好，睡醒時不會難受，連失眠都會是快樂的。

到底是世界騙了我，騙我一切都會好的。愛或不愛，都只能由兩人中的單方面來決定，理由再冠冕堂皇也一樣。不愛了就說不愛就好，因為分開了就是分開了，再怎麼麻痺自己也一樣是會痛地呼吸著。

曾經美好

後來的後來，

我們成了陌生的人，

只是匆匆愛過。

也曾經拉勾就以為是約好了，

彼此要做對方一輩子的另一半。

曾經想要一了百了，但只要你一次回首微笑，就能把煩惱都吹散到遠方。

那個時候我才明白，原來自己是真的、真的，無比地喜歡著你。只是更多時候，都是美麗泡泡破滅的聲音。

那個時候的我們，天真無邪，甚至篤信著彼此就是對的人了。笑著說「我沒事」的時候，或者跟朋友聚餐的時候，真的好想抓住一個誰，至少不要再讓我耽溺在這份悲傷裡。我會聽話，所以請不要丟下我。後來的我，居然是這般懦弱。

差別

遇見他之後才明白，

在乎和不在乎，

相差的巨大。

愛的模樣是什麼樣，是一次一次反覆的喜歡，是記住對方喜愛飲料甜度的細心，還是睡醒看見的光灑入房裡，像夜裡遍布的星空那樣美麗？讓白晝跟夜晚沒了距離，天雨或天晴都能一樣地快樂。

曾經，很久以前每個人都許下了一個願，我要愛眼前這個人直到地老天荒那一天。後來，我們都清楚誓言不是想兌現就能輕易兌現。世界一直在改變，這是它的唯一不變。

我們都還是不確定，所以只好小心翼翼，如果明天就要說再見，可不可以讓時間走慢一點。

逃開

我經常逃避，

逃避可以免去很多煩惱。

但逃避的人並非懦弱，

因為他們比誰都看得清現況，

不過需要一點時間，

去好好面對殘酷的世界。

一切都已經不同，卻還是有些情節會偶然重疊，重疊的那瞬間讓人感到噁心，噁心的後來是一團混亂的思緒和壓力。

是膽怯還是其他負面的想法，一時之間根本難以辨別，只是時間凍結此時此刻，我明白了自己又想逃避的心理。

暫時想躲起來，但還是有無法再欺瞞下去的現實，在後面推著自己隨時間往前走。我依然不明白發生了什麼，每天活得恍恍惚惚，卻又渴望回到原點，於是開始做一些雜事，例如洗碗。

其實我也不清楚這是怎麼回事，但在洗去髒污時，泡泡會幫我一起把憂傷帶走，這樣一來就能再撐下去吧。

事實擺在眼前，我果然還是很喜歡你，或者說喜歡那個跟你在一起時，無憂無慮的我自己。我永遠學不好怎麼說再見，因為我心底很明白：我不想你走，而我也不想走。你說不出不愛了，而我也無法否認還愛著。

「逃跑並不可恥」，這是先前在日劇《月薪嬌妻》中學到的，原來這是這麼重要的一件事。如果逃避可以解決問題，那只要逃避就可以了吧，讓自己多愛你一天，也假裝你還愛著自己。

不管過了多久都一樣，想忘也忘不掉，那就乾脆背負著活下去，和誰都保持著安全的距離，就不會有傷心。即使再空虛，也勝過心如刀割的痛與恨——只是本能地想保護自己，不要又一次受傷了，下一次，不知道又要多久才能堅強起來。

輯二

疼痛

最痛苦的不是分離，

而是我寧可自己，從未遇見你。

愛與不愛

在愛與不愛之間來回蹉跎，

假如黑色也是一種顏色，

悲傷也是可以的吧。

即使是這樣的我，

仍有人願意用一生，

來交換承諾。

在傷痕累累之後，還是有想愛人的衝動，即使被人用掉多少信任，總還是痴傻地堅決認為這一次不會錯了，所以用盡全力愛著。把所有能給的，都給了出去，結果弄丟了自己，也弄丟了對方。而他的冷漠，映照在明明一如往常的夜晚。我為他翻找藉口，對他更加地好，卻還是趕不及他不愛我的瞬間。

後來明白，再愛，再多麼利誘，那都不是真愛，也無法走得長久，不過是勉強彼此已經默契的習慣，但裡頭沒有情緒。

是你告訴我，很多事情不必只有我自責，也是你讓我重新感覺到純粹的快樂。想讓你後悔失去我，想讓你感到可惜往後少了我，所以我只能變得更好，讓你失落，為什麼兩個人無法堅持到最後。

明明有那麼多想說的，但其實不愛就是不愛了，你說對嗎？

見你那天

最痛苦的不是分離，

而是我寧可自己，

從未遇見你。

我們之間出了問題，兩人避而不見。在話語與話語之間，不再有意義，你說著忙碌，在這個時期難道我不能陪你共體時艱。我選擇相信，相信只要度過這段空白，你還是原本那個你，我們還是會一起往前進。

後來有天，我起了個大早，搭上列車前往你所在的城市。拎著同一個行李箱，依然走向你，你高大的身影從樓裡走出是那麼顯眼，而你的面無表情亦然，只是我選擇了笑著回應，敍述著想念。你徑直地走，我的話音漸弱，明白了你為什麼總時不時強調著要我別來。

看見了我，你就想到了破滅；當我擁住你，你只感覺到不耐與無趣。課業和生活還是壓垮了你，你無力負擔我的出現。「我覺得我沒辦法跟你走到最後。」你說。

其實我沒有那麼意外，也並不是一定要你給我什麼，只是有些夢遲早要醒的。你陪我逃離一個惡夢，同時又創造了另一個地獄。

我只是再三確認，沒有掉任何一滴眼淚。我們和以前一樣在凌晨與朋友喝酒聊天，你的手機訊息閃爍不滅，一個你說不可能在一起的人，你和他約好了去看一部我早就提過的電影。

隔日，我離開了你在的城市，回到另一個地方，朋友陪我看了那部電影，隱隱地覺得勝過你。伴隨分手而來的澈底嘔吐與噁心，使我在你回頭想起我的時候，我也沒辦法繼續與你如初相守。我對你笑，像以前那樣，卻只是代表拒絕。

你的抱歉，像是在傷口上灑鹽。只記得去找你的那一天，你一次也不曾喊出我的暱稱。有時，我會希望自己不要注意到那麼多細節。

我知道自己真正的模樣，自私、膽小，但誰不渴望幸福。我曾經是那麼深深愛著這個世界，但隨著成長的過程，我吹滅一根又一根的生日蠟燭之後，明白曾經與人交往所感到的不安與徬徨並不是永恆的，也明白愛是存在的，只是來與不來，只是自己還願不願意奮不顧身，對著某一個人道出海枯石爛的童話。

影子之中

陽光之下，

也需要一個影子。

讓人勇敢的同時，

也能放聲哭泣。

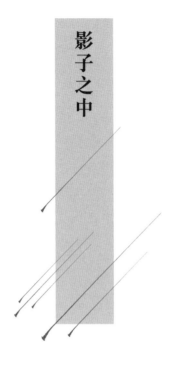

和你好聚好散，說著如果分開，你就掉到地獄裡頭不會再出來。可是分開以後，怎麼反而是你創造了另一個時空，讓我沒辦法像以前一樣自由。

相信人是最難的，錯的並不是相信了誰，而是輕易把別人說的話聽進耳裡，藏置心底，然後以為未來雖尚未來，但至少你在，至少明天的那個你依然還愛我，就這樣痴傻地信賴著承諾，兩人對話裡的天長地久。

只希望我們有一天都不必再假扮自己很快樂，褪去了保護色，就一次也好，告訴別人：你是真的受傷了，你覺得很痛，你還在原地打轉個不停，原諒不了自己，又盼著也許遠方的燈火，是他還可能回首的證據。

藉口

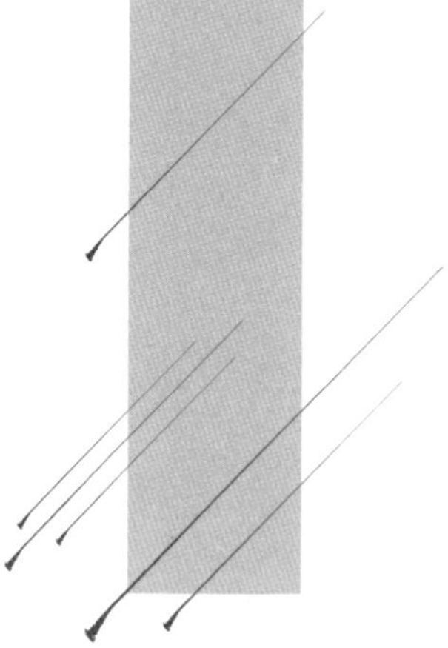

每次你的下次再說，

無非也就是，

你逃避承諾的藉口。

曾經有個人總說捨不得我受一點委屈，看見我的失落，就會感同身受地輕輕把我擁入懷中，像呵護世上最脆弱也最珍貴的寶貝。他說愛我會是一輩子的事，說往後的日子就要兩人相互扶持。

記得大考那一天，你也起了個早，害怕我失常，帶我去吃當時我最喜歡的早餐雞肉粥，那項產品如今已經停產，但不忘的是你還從袋中掏出一盒薯條餅乾。「休息時間，就吃這個吧，我記得你很喜歡。」你把它放進我的背包，甜蜜的情意塞滿了我的心。

直到後來，日子平凡得近乎乏味，你不再那麼在意細節，你開始著迷我以外的事物，我開始成為後面的順位，做什麼都讓你看了不痛快，你所在的城市後來始終是我害怕的一個傷口。

爭吵以後，我總是哭哭啼啼道歉，以為只要自己擔了責任，我們就能重回那個最美好的時間。我們很少合照，我說我的心中有一台屬於心靈的照相機。你笑著說我天馬行空，卻還是陪我在鏡子前假裝拍了好幾張，它們就這樣一直留存在我的腦海裡，即使在分開了那麼久以後的今天。

我還是期待總有一天，在時間的曠野裡，遇見和我一樣迷途的人。即使被傷害，仍說服自己，相信等待，幸福遲早會來臨。不用再苦苦期盼那個人可能會回到自己身邊，看清楚了他已走遠，你也該真正轉身，多愛自己一點。

忘不掉

我常常在想，

自己到底成長了嗎？

在經歷了那麼多事之後，

怎麼還是沒有忘記你的名字。

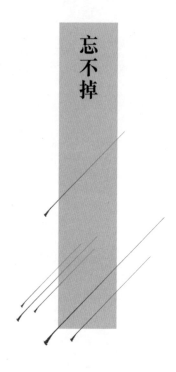

是啊親愛的，我沒有辦法往前走，只能原地踏步。以前認為自己是刺蝟，總還有柔軟的地方，後來發現不只是那麼簡單就能解釋的狀態，而是一種更加恐懼的模樣。

在你走得遠遠以後，岔路慢慢映入眼簾。是啊親愛的，你要我走，要我慢慢代謝掉悲傷，而我只能假裝很輕柔地說：有幾個名字烙在心上總是忘不掉。

看著別人卻還是想起你。以為傷口癒合了，仍然有痛的幻覺。是啊親愛的，你會明白嗎？當我們都失約於彼此，我只能假笑著說我不痛。

殘影

後來我是真的知道了，
在最後確認過以後，
你是真的不愛我了。

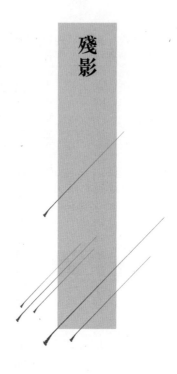

曾經我還是傻傻地以為這些都是夢，明明日子一樣一天一天地過，只是我們不再頻繁聯繫，也不再對彼此有任何責任。你說，成長的過程總要經歷會痛的部分，我走過那最苦最澀的路了嗎？或者，我已經潛移默化地接受了？

我只知道從前當我對你求救時，你總會安撫我的。而今的我，對你來說或許已經是一件往事了吧。

笑我吧，我當你從沒有走入我的生命裡，好過把你錯認為人生的最後，你可以真的把我放得很輕、很輕了。你說的「愛我」，都是騙人的。留下的影像，也不過是殘影罷了。唯有如此說服自己，我才能好受一點，才不會被自己的淚水淹沒。

失去

從來沒想過，

曾經那麼理解彼此的兩個人，

就連最基礎的問好，

到最後都變成了奢侈。

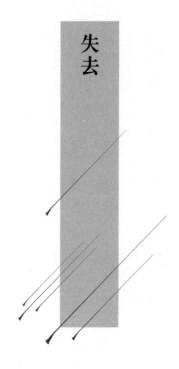

好想知道是從什麼時候開始，你凝視我的眼神就不再那麼神采奕奕，不能夠隨興地、自然地拉過我的手，沒有時刻肩並著肩，也不再有每天闔眼前的那句晚安。

再想想吧，在遇見你之前我是什麼模樣，在你走之後我有沒有變得更好，我不知道，只是從沒想過自己會如此思念某件事、某個人、某個瞬間，到如此心痛的程度。

我是失戀了，但若更確切地說，我失去了一部分的我，永遠地失去了。

星期一憂傷

我的星期一，
真的非常憂傷，
在夢裡見到你，
醒來又彷彿沒醒。

在夢裡見到你，睡醒也恍惚看見你的影子。好像什麼都沒忘記，假裝豁達，偽造一個不存在的自己：堅強、勇敢、不怕被遺忘。醒來覺得可怕，又不敢睡回去，張眼閉眼都不是我想去的地方。縱身跳下，而你在一旁冷冷地看我，就像過去那樣。

原來我從來沒有接受。在發現這個事實之後，比先前來得難受，畢竟自欺欺人久了是有副作用的，它像一陣巨大海濤，遠遠地襲來，需要一點時間，但只要撲來，就能把城市淹滅。

寧可恨你，也勝過沒有任何情緒。我害怕劇情的複製。把焦慮的理由全都怪罪於你，這樣我就不必自責，不必檢討還有哪裡能夠做得更好才值得被愛到老。

在把溫柔分給別人之前，總忘了留下一點給自己。只願下次記得這世上從沒有完美的人。

懂得

最悲傷的事，

是我為你走了九十九步，

但你始終不願，

為我踏出剩下的一步。

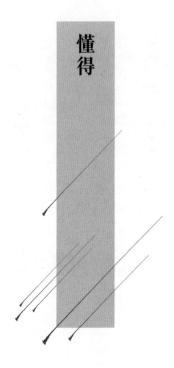

後來你不再抬頭看我了。你有你的路，要徑直走去，所以也不再心疼我的背後藏匿了多少傷痕，而傷痕，到底要多久才會淡化。

每年我都可以有三個願望，但我從來不許給自己，只想許給別人。只是慢慢地，那些人好像都漸漸消散在我的生活之中，即使是最信賴的人，都在成長過程裡告訴我該長大了。

但什麼是長大？

人們或許以為「長大」的人是堅強的，但往往他們在夜裡，例如最深最深的谷底，哭得最為猖狂，一到隔日，他們仍是完好的模樣。就像月亮，只把缺點藏在後方，害怕被人知道，它也有軟弱的地方。

當你回頭

雖然記得你來時的模樣，
卻恨不得能夠忘記你走了後，
彼此是不是有那麼一點不捨。

每個人身上都有屬於自己的味道。我記得你抽菸的理由，不只記得，甚至曾為了你點燃幾根宛如蠟燭的菸，煙霧繚繞中彷彿見到你。我仍舊不懂抽菸能讓人忘記什麼，只覺得愛一個人就是件傷身的事情。

我曾經捨不得你的離開，狠狠哭了數不清幾個夜晚，但當我看破後，你再次回頭，我們卻已不是原來的我們。青春何其短暫，轉眼就不見。你說的重新開始，不過只是再互相折磨一次。

漸漸

那些原先你不在乎的細節，

其實都在講述，

我們漸行漸遠的故事。

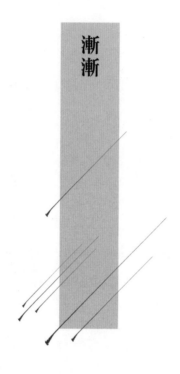

例如你不再跟我說一聲早安，例如你的回覆越來越簡短，例如開始有些話不是隨時都能說了，那麼多原本不會在乎的細節，從某一天起都變得鮮明起來。

其實遲早要分開，只是飛蛾將火誤認成光，就這樣殞落，無論甘心或無奈，終究是愛了一個不該愛的人。

遠走

睜眼以為是場夢，

就像過去一樣，

只要意識到就能回到現實。

只是這次不同了，

你是真的走遠了。

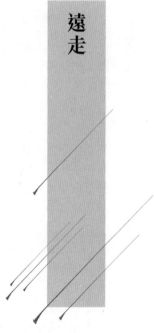

接受事實是很難的一件事，例如分開或者不愛，例如約好了要一起去看同一片海，要一直在一起，要守護彼此曾破碎的心。

我花了大半的光陰去了解自己，再耗費自己去認識世界，最後搖搖擺擺遇見了你，一個口口聲聲說要陪我到最後一刻的人。

我會太過分嗎？我知道自己是故意的，這樣我們才能真正讓雙方都自由，至少若能讓你鬆一口氣，我願意當那個壞人，而你還是那個很好、很好的人，愛過我、疼惜過我、耐心帶我度過一段難熬的時期。

恍惚之間，你好像還在我身邊，但回頭一想，滿滿都是你離我越來越遠的暗示，只是我視而不見。只是我以為，只要我拉著線，風箏就不會墜，以為只要自己夠愛了，夢想就還有實現的一天，而我的確是太過天真了。

對不起，謝謝你。在最後我還是那麼固執決定讓一切歸零，讓你遠走，讓自己不用再等一個可能，讓兩個人都真正地解脫。

困難

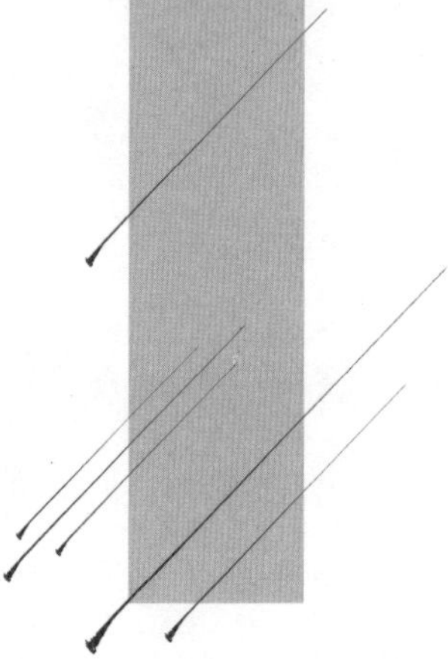

我根本沒辦法，

假裝一切都好。

猜測過上百遍你是不是故意，故意要我忘不掉。你要我成熟去接受，但你也說過碎了的昨日要怎麼赤手去撿。你要我別太快尋找下一個避風港，但在海上飄蕩總刮風下雨，遠遠地看不見燈塔，這要我怎麼快點放下。

如果宇宙願意回應我的心，能不能讓我快點變好一些，讓我知道我並不孤寂，愛我的人只是姍姍來遲。

我罵你，我恨你，我厭惡你，但我更責備自己為什麼時至今日還是要哭泣。

退無可退

跟我分開之後你很自在吧。
比起紅花綠葉，我只是一顆
容不進你眼裡的沙子。

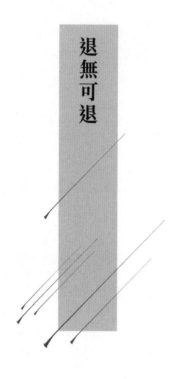

「他早就不在乎你了。」很久以前童話故事就已經崩潰，我退無可退。

每個人口中的不適合，不過都只是一種言不及義的逃避，逃避和同一個人的未來，接著奔赴別人的方向。是誰虛偽又是誰不坦承，把黑歷史藏起。好想恨你，卻在簡化以後，只剩想你。

也許吧，可悲之餘，還是希望你快樂著，而我的荒唐就讓我自己慢慢消化。走遠一點，就不會依舊流淚。傷疤總會好，即使忘不掉，看清現實更重要。

曾以為

多愛就有多恨。

摘了一株野草，

你也曾經感動，

說是世上最美的花朵。

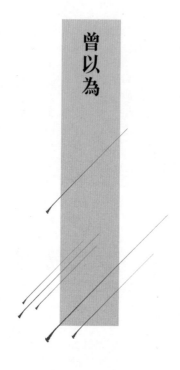

同一件事情反覆好幾遍，為別人的破碎一起掉下眼淚，彷彿在腦海裡面繞圈圈，在曾經走過數次的道路上已經不再能和你並肩。那又能怎樣呢，寂寞和孤獨其實完全不一樣。寂寞是你沒有遇見那個誰，孤獨是看對了眼卻還是散去的兩人，遲早我們要離別。

既然要離別，為什麼當初不敢好好說再見，反正再也不見，至少明白彼此的眼淚都有不同的原因。你傷心的是不能再陪伴我，我難過的是我以為這次奮力的勇敢以後就是永遠。

你承諾過要陪我一起不怕黑，使我以為夜晚從此不會再傷悲。最後，承諾也不過只是誰都能說的隻字片語。

動心與心動

動心是一下子的事，

心動是一輩子的事。

動心是一下子的事情，忽地吹過少女早起梳直的長髮，男子回眸的張望；剎那飄來一朵不具名的白雲，微風輕輕地吹。

心動卻是一輩子的事，為某個人騰開一個空間，不大，窄小而溫馨，四周要緊閉安靜，才能細聽彼此的呼吸是多麼放鬆。

可是怎麼就回不去了。位置上的人走了以後，不敢打掃那塊空地，不願靠近，甚至連望見都讓人生厭。你曾許我一夜好眠，最後換我年年傷悲。總說明月終有圓缺，花苞會開了又謝，但一顆真誠的心卻不能碎了又碎。

赤足地走，好像這樣比較討人憐愛一些。邋遢一點，就多恨你一些。若不如此，連我自己都懷疑是不是還致命地在乎你。

是什麼讓我變成這樣子。不要問，不要答，說什麼都不對，不如永生不復相見，好過初次見面。

將門關上

並不是不愛你，
只是希望在回憶
變得愈加不堪之前，
比你先轉身離去，
即使止不住眼淚。

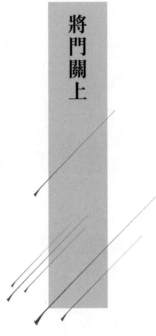

反正提起分開的人是你，就如往常地坦然接受吧，再多的理由也比不過自己真實感受到的你的冷漠。那曾經說要保護我到底的背影，過去自然牽緊的手，不論什麼都會記著我的你，都已經不在。

躺在你身邊，我知道這是最後一次，在天微微亮起之際，我才發現自己還是禁不住睡了一會，而手仍不自覺地拉著你，這是多麼可笑。你沒察覺，僅在我關門前叮嚀了帶上行李。

沒有人說「再見」，是我親手將門關上；也是我在你後悔的時候，把你澈底隔絕，好讓彼此都忘懷美好，可以遇見某個真正該遇見的人。

因為我並不想聽什麼抱歉，一些空泛的理由。如果你要抱歉，那打從一開始你又何必傷我至此，讓周遭的人都不知所措，還要我替你收拾殘局，再假裝微笑。後來的後來，我明白，那是你榨乾了我最後一滴愛。

逞強

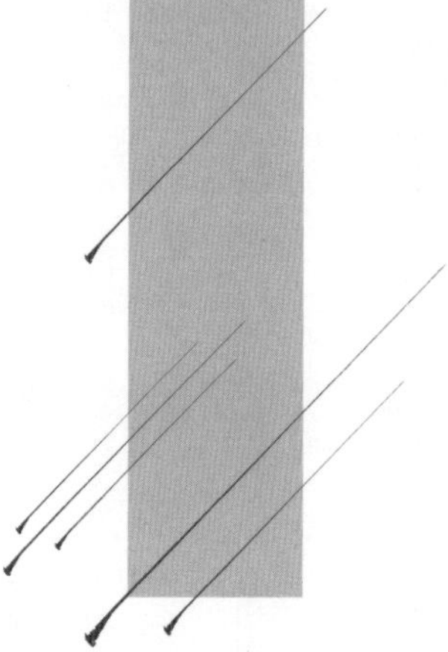

我說服自己、告訴自己，
原本就沒那麼愛你，
又何須糾結至今。
不過就是一個
曾經相愛的陌生人而已。

愛過你，恨過你。謝謝你，也對不起。太多時候，越是簡短的話語，越是藏著密麻難忘的故事，尤其是你我曾經真摯的心，還有那由炙熱逐漸轉寒的劇情。

把你的消息全數封鎖，這樣我才不會又誤會我們還可能會擁抱一下就和好，不過只是小小地有了脾氣，不過只是偶然鬧了彆扭。當我想你的時候，我會把那些都當作一場夢，不過是時候醒過來了，算不了什麼，人生還有那麼多挫折。沒關係。唯有這麼想著，我才有勇氣繼續活下去。

愛情的形式有太多種，我跟你碰巧是不夠緣分的那種。多一分、少一點，都不行。就站在剛好平衡的地方，要是誰也不要開口，就不會有人傷心。

輯三

拼湊

如果我更好了，你還會愛我嗎？

問題

愛你與不愛你，是個問題，
選擇了愛你，卻在許久之後
才懷疑起真正該選的解答。
或許不愛，會更好嗎？

你會心疼我嗎？
就算一瞬間也好
只是和別人一樣的憐憫也好
我僅僅希望有人發現我的難受
你曾是我的光
但後來成了火
我知道你不是故意的

遇見了你
毫不猶豫地
把愛全部給了出去
再把所有的自己鎖進抽屜
期許這次是真的能幸福了

遇見了你
是從未經歷過的邂逅
想對你好
卻越走越迷茫
畢竟我要去的方向
距離你的地方太遠

不適合
不知道是誰先說出的話語
難受之上的是懷疑
我愛你但我已不能擁有
只剩下誰也不能說的自責
一遍遍問著：
如果我更好了，你還會愛我嗎？

復原

你以為他會回來，

其實只是因為，

他在你心中，

從未走開。

比如一些人的離去，其實我從未忘記你的背影，而我們說的那聲再見，我也明白或許讓你鬆了口氣。

我還記得兩人是如何摧毀彼此原先互信互賴的關係。一段關係裡不會只有對錯，更多的是理不清的情緒，以及害怕溝通。如果我們更加坦白就好了，即使坦白以後會有疼痛，也只是必經的清創過程。我很想問，可是我沒有問；你想了很久，最後還是選擇離去。

如果一面鏡子摔碎了，還能復原嗎？回到它原先的作用，映照我們的樣子。如果我不再繼續從別人身上看見或摸索到你的影子，我會感覺好受一點嗎？

我總是有那麼多問題，但我從來沒有答案，也沒人敢告訴我正確的答案。沒有對、沒有錯，只有你，只有我。愛是那麼艱深，而世事又是多麼無常，抓不住的沙，與放不掉的人。

最執著的

把好的壞的都清算，

從此以後，你我

註定要陌生。

以為自己這樣就能足夠殘忍，讓兩人都走得遠遠的，不再有交集，往後也不要有聯繫，只是怎麼樣也道不盡過去一起留下的痕跡。人們總說要看開、要放下、要好聚好散，只是我還是最執著的那一個，口中喊著早已忘記，其實什麼都清晰可見。

多麼希望這一切從未發生過，我不曾把自己全盤托出，不曾在你面前那樣赤裸又依賴，而你的諾言或許仍是孩子的戲語。

偷拍你的影片都還留著，你說的那句「愛你」也還在。是不是我的自私害了自己，因為看見你，我便會痛苦，所以只好裝作我不愛你了，像是傾盡全力跑走，卻還是在遍地風景裡看見你的身影。拉長的歲月裡，你像一顆沙粒，總讓我流淚，又讓我不甘心。

飛離永無島

一生只愛一個人，
一心只想一輩子，
卻在太匆忙的現實，
一次一次幻滅。

從小看過的童話故事，王子與公主都有幸福的結局，相信緣分來敲門，就應該一路飛到只有我們的永無島，我們不會老，充滿歡笑，如果有壞人，我們就一起打倒。

後來的我們看了太多偶像劇，還有那些氾濫的愛情故事，相信喜歡的人會給我們霸道的擁抱，即使我們害怕地想逃。他知道我們所有的脆弱，掀開人前偽裝的面具，才發現彼此也不過是想被愛的人而已。

「我能想到最浪漫的事，就是和你一起慢慢變老。」再之後的故事，聽過這首歌，幻想過兩個靈魂就此廝守終身，卻沒想過我們因為命運而相遇，也終將因為命運而分離。

我一心只想愛一個人，不喜歡別人告訴我下一個會更好，對我來說，你從來就是最後一個：我一生就要這樣浪費，就要愛得絕對，我渴望付出所有，卻仍然一無所有。

在現實面前，我只能選擇離開這不老的永無島，我還是得回歸到夢醒的世界，那裡沒有精靈的金粉，沒有戲劇的情節，只有我自己，還有已經走遠的你。

還會有童話嗎，還會有小說嗎，我的人生不過只有自己是故事裡的主角。再如何祈願，愛的萌芽與幻滅，在命運面前，我們只能無奈，只能轉身。電影《霸王別姬》裡有句台詞說：「人間，只是抹去了脂粉的臉。」粉飾得再多，終究是駭人聽聞，沒有一個完美，而我還是唱著這齣長長的獨角戲，不肯停息，不願安靜。

若我更好

你的眼睛倒映了誰，

怎麼對我已不再閃亮，

怎麼你突然，

就走得那麼遠？

你有沒有那個決心再愛一次，有沒有那份勇氣接受新的結局？我知道的，我不夠好，但我還能更好。這樣思考，似乎就還能度過一個又一個夜晚，而原本已乾涸的眼淚，也不會莫名又下墜。

只是那一刻永遠銘記在心。你奔亂的髮，而我拖著行李箱慢慢地離開你。

喜歡一個人

你說我悲觀、說我固執，

說我其實可以打開心胸，

再次站起來。

但我只是想，如果遇見一個人，

就與他過一生。

喜歡的歌，就循環到不愛為止；喜歡的你，到現在還是很在意，總不時偷看你。別人怎麼說我，都已經無所謂。

唯獨確認了一件事，在分開後的岔路口，你讓我明白什麼叫做用盡全力地去愛。而且在你走以後，它成了一個空洞，冷風經過就止不住地顫抖。

好想喜歡別人，偏偏無論如何還是喜歡同一個人。

轉瞬即逝

一切好陌生啊，
例如你說愛我，
例如你說永遠。

外面的煙火聲和笑聲，燦爛奪目且不絕於耳。你的今天快樂嗎？你是否也會想知道我過得如何？

只是我們都已經成為彼此回憶裡的幽魂。想起了你的模樣，卻僅僅只是幻象。

等我發現的時候，你已經離我好遠。你曾經問過我，為什麼走在前方的時候，總是會不時回頭？我說：「因為我害怕弄丟你。」而你笑了笑我的傻。

那麼多的愛，被時間沖刷成圓，磨去了稜角，卻忘了彼此何時變成這副模樣。

我還能說自己愛你嗎，你還敢說你最愛我嗎？至少分開以前，我們都曾經奮不顧身，然後每天都死去一點點，像仙女棒那樣燦爛，也像煙火一般轉瞬即逝。我們都努力過了，對吧？所以，不要那麼難過了，好不好？我對自己說。

孤身

如果你問我過得怎麼樣，

我會回答：

「一切如常，只是你已不在。」

就像我們相遇以前，

誰也不屬於誰，卻都霸占著孤獨。

害怕被愛的同時，也不敢去愛了，這樣矛盾的態度，明知是不能長久的平衡。

有時候真的覺得好抱歉，不管對什麼事情都一樣，總有那麼一些遺憾留在那裡，而我們都視若無睹地活下去。人們說這是必須的，必須學習不去在意，才能放下心。

只是我依舊很難釋懷，為什麼人生走著走著，又變回了自己一個人。

最後的溫柔

如果我知道那次「再見」，

是你心中的再也不見，

我也不會一直期待。

所以在最後，我故意挖苦你，

好令自己不再盼望。

為你哭過一片海洋，為你飛越一道又一道的風雪，為你傷了又傷，卻還是感覺出你的不愛、我的不捨，最後誰也沒有勝出。

你說過的那些話還記得嗎？我把字字句句刻在了心上，只是痕跡也是會淡的，所以慢慢又有人進入自己的生命。只是他們都不是那個愛我的你。只是他們有時候都好像你。

回到那一天，你向我說對不起，你累了，但你仍然願意陪著我，兩人試著做回最熟悉的陌生人。直到我挖苦你，趕走你，再回到自己的空房，獨自懷念記憶中你的笑，懷念兩人相愛的時候。

現在的你自由了，你要過得快樂，比我快樂；謝謝你曾付出的，已經足夠了，就當成是我不好，才讓人想流浪遠方。這是我最後的溫柔，請你不要回頭，往前走，別讓我又為難。

一點點可能

我以為委屈自己，

他就會回頭。

把自己縮得好小，讓自己以為什麼都無所謂，心裡念著想著無非都是同一個人影。其實有時候也真搞不懂自己，明知那是火，為何錯認成光。

也許是光溫暖不了我，或許是歲月偏偏要我愛你。想方設法要自己別再等待，但無論怎麼樣，都還是想相信那一點點可能。

如果

畫中有話，

畫中是你我仍牽著手，

話是我沒有說、也不敢問的：

「你還愛我嗎？」

日子一頁一頁被撕去，夜晚一片一片在失去。醒來是白晝，仍想到你眼裡映著我的倒影。

太多時候眼淚已習慣吞回心裡，習慣對一個又一個來探望的人說：「我挺好的。」然後再埋進被堆裡崩潰。我只是不明白，也或許早就明白，我們兩個終究只能漸行漸遠。

你的名姓是個咒語，我不敢道清，我騙你騙別人也騙自己，好像這樣就好受一點。如果不要那麼喜歡你，愛情裡就不會有那麼多委屈，我不用拉著你的衣袖，不必問你可不可以讓我們重新來過。如果回憶是思念的花朵，就讓我把它擺到窗口，時而用眼淚灌溉，時而靜靜欣賞。

謊話

說不難過都是騙人的，

想你從白日到天黑，

只希望回到從前。

笑著把我們的舊事告訴好奇的人，再把你對我的好收到心裡的某個角落，想起你的時候，就連帶把上頭的灰塵撢起。

可惜了自己的青春與時光是如此認真地傾付，說不難過，都是騙人的，就連自己都要欺騙。想你從白日到黑夜，只希望回到很久以前，或許不相識，或許還相愛。

分不清

慢慢地去分辨，

愛人與被愛的差異。

又想到了，

如果對方真的愛著自己，

是不是就不會走了？

覺得自己傻氣，依然分不清是依賴還是習慣，只是又躲回自己築起的防護圈。不想說、不能說的事情都要藏好，以免最深處的黑暗又反噬回來。

如果再來一次，會怎麼選擇呢？假如知道幸福了以後，必定伴隨著一定程度的痛苦，一直夢想著的樂園，其實也不是說想要永遠就可以永遠存在的。

我啊，到底有沒有成長呢？比起你確鑿的離開，這個問題更顯得沒有答案，我反覆思考，一次又一次地複習彼此的愛情歷史，只是最後我得到的答案仍是一個問號。這時便想起我很喜歡的，蘇格拉底曾說的一句話：「我所知的，就是我們一無所知。」既已無知，便也無須再掙扎是與否、對與錯。

真相

曾經有一個人，
他説天塌下來，
我都幫你撐著。
後來那個人走了，
我才知道一直以來，
他就是我仰望的天空。

當我不想說話的時候，其實是內心最為喧囂的漫長時光。我明明不想失去你，可是我沒有理由再留你下來。我以為我可以，但是在一起是兩個人的事，分開則僅僅一個人起身就好。我明明都知道的，只是沒有人願意說實話，在這個即使流淚也不被允許的時代。

原來原來

忽然很想哭泣，
尤其是一個人的時候，
彷彿只有孤獨，
才能使我認清自己，
是真的很在乎。

「分開之後你過得好嗎？」

「很好啊，再好不過。」

一個人走在沒有你的城市，一個人點自己吃得完的餐點，一個人去看診，一個人在跌倒的時候爬起來，一個人在看見遠方有狗的時候冷靜地不要嚇跑。一個人很好，也並不想念那段兩個人相處卻同樣是自己一個人生活的模樣。

我並不需要別人來關心我，並不想要有人問候我，也不要有人跟我說早安，再在睡前哄我睡著。我不想要那些粉色的禮物，不想要和你散步在哪個市集，不想要坐在你的副駕駛座跟你說一些無聊的笑話。

我不想要想起你，卻總是想起你，我不誠實地拒絕了你，清楚地明白自己已經變成了不一樣的人。我想要哭泣，盡情地哭，哭到全世界都知道我很委屈，我很孤獨，但我並不能軟弱。我不知道的事其實還有很多，卻也已經與你無關了；我不想要的東西，都還是跟著我。

在我們分開之後，我並不想念你，也從來不因此而難受，我一樣能夠生活，一樣能夠快樂，我一樣明白新的世界將有多自在，只是那裡沒有你，也不會有你。

原來長大是會痛的，原來問題是不會被解決的，再多麼想要也不會有如我所願的結局，原來的原來，再見是再也不見，才不會再傷害任何人。

註定

我是那麼喜歡你，

卻又是多麼明白，

自己並不是那一個，

能陪你走到最後的人。

就連玩笑話都怕當真了。世人俗稱的「暈」，在我眼裡卻像是一種註定，註定要栽在某個人手裡，讓他把自己的心全數偷去。

只是安安靜靜陪你坐看雲起時也好，側看山稜也好，面朝大海也好，想和你去那些你想去的地方，想陪你浪費一生，然後繼續喜歡著一個並不喜歡我的人。

偶爾，其實我也會壞心地希望，你和我就一輩子孤單吧，這樣，至少我還能陪你享有兩人份的狂歡。

困在

試圖把你放下，

卻依然困在

那個炎夏，那場大雨。

我又想你了。怎麼掙扎又怎麼下墜，怎麼逃離卻更加靠近。你的影子蟄伏在我的夢裡，無論過了多久都還是記得。不僅僅是記得，甚至開始害怕面對沒有你的每一天。

明明很清楚，再也回不去。清楚得不得了，你微微推開我的手，你走得越來越快的步伐……你說是你失信了，可是承擔悲傷與苦痛的卻是我。

如果知道你會害我把自己丟失，那打從一開始，我就不該把通往內心的鑰匙給你。縱然對後來的人並不公平，可是我並沒有把你忘了，仍無法掩藏地牽掛著。

原來我是真的愛你，但也只是愛過而已。

輯四

瘀痕

人們說雨後天會晴，

我說人生是不斷墜落，

是猜測不了，何時能停止的未知。

沒事

也不是非你不可，

只是相處時的快樂，

讓人太難說忘就忘。

明明痛著，卻又虛偽著，

故作沒事，就好像真的沒事。

割捨不掉的其實是那時候快樂的自己，可以安靜待在某個人身邊的感受，永遠有個人把我放在心上疼愛著、在乎著。

那樣的關係幾近於家人，又是最好的朋友，而後變成傾心的對象。人們都難以描繪幸福的模樣，但牽著手、沿著公園步道緩緩走回家的我們，是不是擁有些幸福的輪廓？

只是可惜，最終不是你，再多的付出都像把水倒進一個破洞的杯子，我們就是那杯子，不知不覺裂出閃電一般的痕。兩人都想再努力一點，但最後，我們還是變回了平行線。

如果告訴你，我很想念你，我肯定會流淚吧，但我清楚地明白，我所緬懷的，其實是自己赤誠無瑕的真心。同時接受悲傷亦是一種情緒，從此記得多愛自己一點，在一無所有之前。

懸崖邊的人

他們說：「你還是老樣子沒變。」
我不知道這是好事或是壞事，
因為我早就站在懸崖邊上，
退無可退。

無人背負著祕密的世界大抵是沒有吧，多多少少每個人都擁有不想說的事情。但時時刻刻呼救的聲音是巨大的，像一台收音機偶然轉到跟對方相同的頻率般地擦肩而過，然後心想：「啊，我懂他的心情。」我們是同樣的人，都會疼痛、都有瘀痕。

畢竟人都要經歷過才會學習。情緒從來、從來不是一句「我沒事」的概括，而是恐懼讓周遭擔心的自責。你的難過根本而言算不上什麼，但我們總是渴望、盼望、許願有一個人來告訴自己，是啊，你真的已經很努力走到這裡了。真的很棒了，不用再忍耐了哦。到那個時候，我會放聲哭泣，直到能再微笑面對下一個明天。

還牽掛

你敢承認嗎？

承認你仍在想他，

仍然話中有話，

所以才那麼堅強地，

假裝自己沒差。

有些人不必等、有些話不用說，在那麼多時光交錯的光影裡，我才終於明白節日會助長我思念你的程度，可是我思念你的並不是你，而是更加深刻的，兩人相處一塊，幼稚的玩鬧時光，像兒時一般地許願：「我們要走到永遠。」只是走呀走，我們還是沒有拉好彼此的手。

你假裝沒差，而我配合演出，彷彿大夢一場，你只是我睡醒前的一段記憶，只是我錯將部分的自己留在夢裡那個地方，而你是否還會牽掛？

牽掛我的眼裡還住不住著雨；牽掛我的心裡是不是還翻騰著浪；牽掛後來的我們是不是都可以往前邁步了，彷彿我們從未認識那樣，彷彿從未有過牽掛，也不需牽掛。

墜落

人們說雨後天會晴，

我說人生是不斷墜落，

是猜測不了，

何時能停止的未知。

社會標籤性地不停往每個人身上貼上記號，把雜亂無章的個性分類放好，不允許軟弱在外頭曝光，不要顯現太多個人的情緒，看見了人就要記得笑，在對方問你過得如何的時候，懂得回答：「我很好。」

即使你不好，即使每個晚上你總要悶聲哭泣，即使你是那麼地自暴自棄到想要把所有都放掉，即使你有那麼多想逃避的存在，即使你知道夜晚只是暫時。你只是難過而已，而難過不會很久，白晝交替，你遵循著規律在生活。

當生活變成一件理所當然而你不能選擇拒絕的事情，他們說你可以樂觀，希冀你找些其他的興趣，充實某些空白的區段，但你沒有答案，因為歲月已經慢慢把你消磨成另一種模樣。你假裝過得很好，就像你曾回答的那樣。

自由

如果有件事做不好，

就從頭再來，

以舒服的方式，

也不必自責太久，

例如愛人。

溝通是兩個人的事，但放棄可以是一個人的決定。所以常常想知道自己哪裡做得不好，才會總是迷路在人生的轉角，或者為什麼每次都被說是自己想太多。我不懂從何時開始，是對誰的在乎把我變成這樣的。

先是弄丟了你，再弄丟自己，於是世界慢慢下起了一場雨。我並不盼望雨停，亦不希冀你會回首說對不起，不期待擁抱後我們還是「我們」。愛人太難，被愛也是，兩個人都不知所措。

你走以後，我唯一記得雨後遲早會有彩虹。我們什麼都沒做錯，只是錯過，只是不適合，只是愛過了一場就不需要再當什麼朋友，否則只會繼續互相折磨。

如果我們真的愛過，希望你原諒我，就當我最後一次的驕縱，讓兩人從此都自由。

缺少

你是北方的燕子，
遲早飛回南方逐一個夢，
或是一個我們都感到溫暖的地方。
而我是等待的人，
註定不用再確認，
眼前的門是否又有敲響。

我知道你回來了。知道你回來這座你熟悉的島。知道你身在和我相同的天空之下。

知道一切的一切，也就知道你不是為了回來我身邊，也不必再回來我身邊重複那些關於愛的細節，或是日常的繁瑣美好。你是真的不在了，而我曾殷殷期盼的，都已經不那麼重要了，因為真實地感受，所以格外地疼痛。

我把門關緊，以免又想起你，在這個與過去其實沒有什麼差別的季節裡，想起風景裡唯獨缺少笑著的你。

相望再相忘

既然我們已經分開那麼久，

是不是就不該再隨意追究。

反正感情，

從來就不是兩人份的罪過，

而是人生與緣分的錯過。

對不起，也謝謝你，至少陪我走到這裡，一個過去的我不曾想過的地方，曾經以為就這樣子一起慢慢往前走的感覺很好，但最後緊握的手還是得放掉。「這樣對彼此都好。」你是這麼說的。即使至今我仍不敢確認到底誰對誰錯，因為感情裡從來不存在對錯。

不敢說自己過得很好，還是有很多回憶歷歷在目，在抬頭的時候你像那顆閃亮的星，一直在夜空中獨自燦爛，而我是仰視的人，如今只能遙遙相望，再相忘。

你也會想念我嗎？在這個時刻，我已經不會想哭，卻還是悲傷而不捨。

你好嗎？

不小心又看見過去的我們，
再小的事情都顯得浪漫快樂，
我以為愛就是這麼一回事吧。
但命運從不給答案。

滑著手機，看著相簿跳出往年燦笑的兩人，拉手、擁抱、貼著臉笑著的模樣是那樣可愛。在某次崩潰以後，我開始需要「醫生」的存在。我得定期向他報告生活，才能放心地過日子。當我對醫生娓娓道出，他說低落或沮喪都是難免的，我們得按照自己的腳步慢慢過活，不疾不徐。

我果然還是很喜歡你吧。喜歡那個總是替我著想的你，那個幫我做出抉擇的你，那個和我的電影品味相像的你。

因為這般喜歡你，所以才會不知所措吧。明明那麼努力了，但你有想去的地方，那個我再努力也去不了的地方。

你好嗎？我多麼希望你可以快樂。

動彈不得

不知道該怎麼做，
才能從這潭泥淖裡爬出來。
我像個傻子一樣，
看著天頂的陽光，
想不起來自己還笑著的模樣。

彷彿有人規定每天醒來都應該充滿活力，或是每一天都該有個美好的結束。而現在的我像是被定格在某個空間裡動彈不得，話語都凝滯在嘴邊。

我好累。我需要一些鼓勵，嘗試了各種掙扎，最後還是躺在某個地方，看著時間無情地流逝。我很努力，真的很努力，我告訴自己：不疾不徐，什麼都不做，也是一種選擇。

有人說只是二、三十出頭的年紀，有什麼好難忘，又有什麼好介懷的呢？

只是一路走來跌跌撞撞，看過了別人痛哭失聲，也自己嘗過了千種滋味，總會默默心想：真的有那個人嗎？那個一見傾心、再見付情的人。但在那之前，我只是想確定自己還有被愛的可能——我並沒有寂寞，也從來不是孤獨。

歸還

你把東西都還給了我，
但有一樣你忘了，
與其說是「我的心」，
不如說是被弄丟的「我們」。

把你曾寫的情書收在桌墊底下，牆上的合照也尚未撤下，生活基本上過一天是一天。

慢慢地不再哭泣，或者說，明白了眼淚並沒有什麼價值，於是開始壓抑、練習接受。如果你要還我東西，可不可以直接扔了它們，就像我們分開當時那樣，我不忍再次直視，也不想提及，我仍在逃避，逃避現實，逃避你，而這些都是初相見時的我從未想過的問題。

這樣會不會太殘酷了呢？魚離了水，就不能生存。你鬆開了我，因為你說這樣才是最好的，但我不必懂。

我一直信奉「放下」是一種最高境界，只有承認自己的軟弱，才能體現出真正的強大。所謂真正的強大，寄宿在那些堅強的人身上。明明遍體鱗傷，明明習慣假笑，明明告訴了所有人自己沒事，這種程度的謊言，其實是用各自的溫柔包覆了它而已。

若能被愛

羨慕別人，一樣是笑著，

就有許多人覺得他好。

我只是希望自己也能被誰喜歡。

我試著學他，但我們終究不一樣。

做了一場夢，夢裡你寵溺著我，說你愛我是毋庸置疑，但後來不愛也是證據確鑿。愛過的痕跡那麼明顯，像天使的親吻，也像烙下的疤痕，你說忘了吧，我說此生愛過，談何容易。

走在自己的時區，真的只是想要被愛而已，我願報以我的全部，只要你也有那麼一些和我相似的心情。

卑微的心

愛你的時候
是千真萬確的，
你不愛的時候
也是。

又忽然睡著了，又被承諾留下了，又讓對方走了，又霸占了一個個獨自的夜晚，又和寂寞對話一整天，又在思考世界的盡頭在哪，又懷疑那時候的我們還有沒有更好的選項。那麼多可能性，卻很少照顧過自己。

後來才明白，愛一個人其實是很盲目的事情。什麼事都想迎合你，或者盡量滿足你，所以慢慢地把自己縮得好小，小得自己也不明白在這段感情裡面原本想要的是什麼。也可能打從最一開始，我只是喜歡你笑起來的樣子，很純粹的兩人真心相待。

愛得很卑微，卻又甘心把所有寶物都交給你。兜了幾個圈，還是珍惜著幾封你捎來的信、不斷翻閱幾張和你一起的照片。我輕描淡寫，實際烙進心底，疼痛得很。

我真的很喜歡你，但已經分不出那是愛還是習慣，只知道你不回來了。

緣分

不敢起床，起床會意識到你已不在。

不想吃飯，吃飯時會有你的影子。

害怕出門，到處都有人感覺像你，

卻又偏偏不是你了。

最後連我的睡眠都被剝奪，因為夢裡也有你。

如果再見，你會怎麼樣？我又會怎麼樣呢？為什麼要為一個不在乎自己的人而哭泣或頹廢呢？或許，這也是道別的一部分吧。自從那天再沒有「我們」這個詞之後，你是你，我是我，曾經交叉的緣分錯開了。

緣分來的時候匆匆，去時也倉促。想了一遍又一遍，到底怎樣才是正確的，其實我明白沒有答案。我還在想念，即使如此，仍然不後悔與你相見、相戀。

所以你現在在做些什麼？會想念我嗎？會後悔嗎？還是說，只剩下我一個人在雨日裡胡思亂想，回憶時而停滯、時而洶湧，才發現一切都是關於你的啊。

心的廢墟

是你陪我，

把零碎的日子，

拼回它們原本的模樣。

也是你，

又一次把它們摔回了地上。

所以後來的我，再也不敢讓誰輕易地來。我不知道自己還能支撐多久，才能把不甘吞回。

我的文字千篇一律，裡頭的情緒和思想都漫布一樣的憂慮與不安。但旁人見了我生活中的模樣，又感覺我是一個愛笑且活潑的人。因為我知道，沒有人能夠永遠陪一個悲哀的影子活得荒謬頹敗，所以只想讓人看見我好的模樣，至少這樣他們便不必對我小心翼翼。

習慣性地把煩惱藏深，將眼淚揮灑在黑夜裡，就不必總是擔心如果別人知道了原來我是這樣的不堪，會不會就離開了。

如果有一天，我把祕密告訴了你，代表我是真的真的很信賴你，又如果有一天我悄悄地離開了，請你原諒我很難再承受內心的疼痛，一個如廢墟般的地方，一個我佇立的地方。

從前我不相信，但現在我懂了：心啊，在最悲傷的時候，是真的會痛的。

習慣

果然改不了自己

從小以來的習慣，

只要東西不在身邊，

就忍不住想去

確認它是否還在原地。

我常常忘記事情，忘記自己身在哪裡，是你還愛著我的時候，還是我們已經分道揚鑣的後來。忘記原來自己可以笑得那麼開懷，忘記其實自己曾經那麼自在勇敢。我甚至能聯想到宇宙無限的那份浩瀚，只因為你應許了我們的永遠。

終歸有些可惜，也可能都是必經，我們終究不屬於彼此。我會想念你，想念你身旁的那個自己，想念許多，例如沒有雨的晴天，以及隨便發生一件小事就快樂很久的日子。

我改不了習慣，還是想問你愛或不愛。你當然愛過，但也僅止於此吧，往後種種，你會把你的愛再贈予別人，而不是在後頭遙望的我。那個我依然守候，縱使寂寞。

定格

明明約好了，
誰也別輕易回頭。
但我還是往後看了。
這次的你走得輕巧，
好像放下了我以後，
你才能再次快樂。

有些話不必說太多，畢竟在你身邊待過那麼久，像是你的眼神閃爍著謊言，在意一些不必要的細節，你開始問我何時離開你的住處，好讓你獨處。對照著過去從來只想我快樂的你，我假裝沒發現，把你說的每一句話都當作真言。

我想念的所有東西都拿不回來了，所以乾脆你把那些都丟了吧，請不要再假惺惺地替我著想，我只感覺無盡無窮的悲傷。我寧可你老實說，說什麼都好，只要讓我不用總是自責。

我甚至期望你告訴我，即使是有了第三者也無所謂，如果你愛上了別人，至少我能好好給上祝福，嘗試接受自己贏不過對方的部分，就此從你的人生舞台下場。

到後來發生了什麼其實我都不知道，只明白一件事，這次是真的好痛。有些回憶，永遠地定格在那裡了。

愛我的你，我愛的你，早在很久以前就不存在了。黑色也是一種顏色，我把自己塗黑，融入黑夜，這樣就沒人知道我是笑或哭著，孤坐著或閒躺著，而那雙害怕求救的手，如往常一般沒人看見，也習慣了不被發現。

我討厭自己

他們要我別再聽傷心的歌，

但是我並不明白，

傷了心的人要如何

停止傷心。

我討厭我自己，尤其是無數次的受傷以後，我會抽離那個當下，像是幽魂一樣飄蕩在空中，俯視著正被斥責的我，還有幾乎氣紅了眼的他。至今的我還是不明白我做錯了什麼，又或者我的笑容本身就是種錯誤。我不能笑得太過張狂，不能活得太過愜意，他會感覺到相對剝奪，從而不適，於是發怒。

我開始討厭自己，是很久很久以前的事，我發現人們喜歡的是「外面的我」——好相處、親切、活潑，而非內在這個總是無聊思考著人生，還有無意義之事的我，我開始偽裝，學著融入人群。

我討厭我自己，是因為我漸漸發覺我自己的不討喜，我孤僻又不喜歡出門，我討厭一切需要刻意的禮儀，我說話直接，不喜歡潤飾，我有好惡，但一切的一切源於我是人類，所以我有缺點，只是我的完美主義，和我過去不斷被迫要求自省的經歷，使我變得過分焦慮。

我討厭自己喜歡上誰，任何朋友，任何圈子，我渴望自己也能做到「最好」，那份好，是好得不足以被取代的好，是超越時空，橫亙光陰的好，是不容他人置喙的好。我曾以為自己做得夠好了，結果我還是摔跤了；狠狠地、從我以為的高空，墜落下來。

我不怪任何人，也無法怪任何人，我覺得是我的錯，就像那年跨年我在他的面前無盡地懺悔，耳邊的煙火像盛大的慶典一樣盛放在耳邊，但我的內心碎成一片又一片，他沒有看我，一眼也沒有。

我承認我受傷了，我承認我討厭自己了，我不想要再追求了，我也沒辦法給予他人什麼了；愛人好累，連愛自己都好難。我會一再地提問，得到了答案，但我並無法信任。我覺得難受、沒辦法入睡，我只能遙想著在很久很久以前，我在澎湖七美那小小的島嶼上，會攀上三合院的屋簷，吹著海風，品嘗著藍海的鹹。後來的我才知道，眼淚其實也是鹹的。

顏色有很多種，要知道，黑色也是一種顏色。經常有人會來問我問題，好像我懂人生一樣，其實我一點也不懂，只是我苦命掙扎著，有時候的我很累，就想任由自己漂流，偶爾的我找見了浮木，於是緊抓著，就是這樣而已。

我討厭我自己，把僅存的心，給了別人，忘了留給自己，徒留寒冷的空洞，風一吹過，就發出嗚嗚的聲響。人們總要我別再聽傷心的歌，但是我並不明白傷心的人要如何停止傷心。

我在這裡

好了的叫疤痕，
還未好的叫傷口。
我十足地想愛這個世界，
也想讓你知道我在這裡。

關於憂鬱、焦慮、恐慌、暴躁。多少人看見了我站在這裡，卻很難理解我從屋裡走出時其實帶著恐懼，因為不曉得自己何時會失控，所以越是想躲起來，即使明白藏得再深，也有被發現的一天。

滑著社群軟體的對話列表，在接受過那麼多人的黑暗情緒之後，卻不知道自己的烏雲要朝哪散去，不知道何時光陰才能還我一個晴空。也許該自己消化，但會不會有人想起，還有一個我在偷偷期待著關心。

你說不論何時你都在，其實我們最受傷的時候，都是最孤獨的時候。任何人都不可能永遠被陪伴呵護，只能慢慢來，一點一滴灌溉自己，相信雨後的虹彩是為自己而綻。好了的叫疤痕，還未好的叫傷口。最後，無論如何我都還是想愛這個世界。

自責

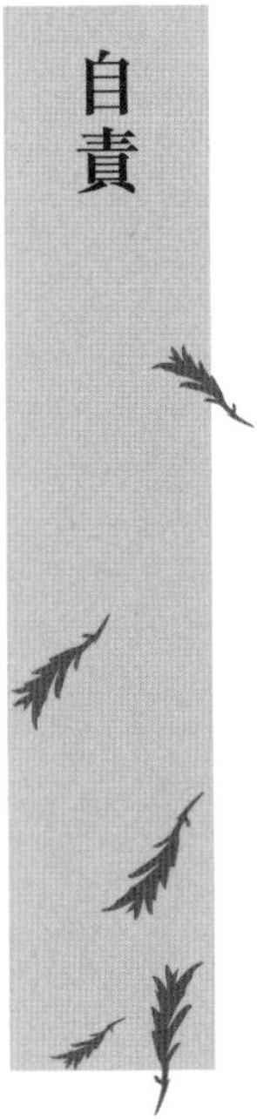

正因為明白，
怪別人也只是徒然，
所以才自責，
即使其實我們誰也沒錯。

期盼著被理解，卻還是一樣，在每個夜裡的枕畔遇見海洋。夢裡長出了翅膀，輕輕地飛起而不知方向，只是看著遠方燈光，如同一隻撲火的蛾。

有些委屈，是誰也不知道的祕密；有些隱晦，是只有自己才能知曉的疼痛。如果能夠簡單解脫，誰不想輕輕鬆鬆把打結的繩索就此展開呢？

答案

雨和眼淚都在臉上紛飛，
而你的模樣，
依然明朗清楚。

雨是天空的眼淚，是為這世界流下的悲傷，為了某個角落裡可嘆的故事。我們終究逃不過命運的捉弄，在對話紀錄裡的滴滴答答，是你愛的吻痕，是信誓旦旦後仍然轉身離開的預言。慢慢地沉默，淺淺地剩下：「早安」、「晚安」與「吃飽了吧？」

這樣的愛情，我後悔嗎，你想念嗎？別人問起的時候，我總是直覺地否認自己還眷戀著你，卻又在他們的眼睛裡看見一個沒有放下的人影，那是我在世界裡真實的姿態，我終究沒有離開。

如果你回來，我沒辦法再像那時候一樣了，再怎麼可惜都是。至少就相信一件事吧，我們都做了當下所能選擇的最好決定。

或許，我們原本就不是彼此最後的答案。

輯五

擁抱

不再等待，

也是一種勇敢吧。

戒除

戒菸、戒酒、戒除想念。

不再傻氣地以為，

時間久了你就會回來。

不再等待，也是一種勇敢吧。

在你提議和平分手的時候，我想了很久，例如怎麼樣才算和平？是還你一個宇宙，而我塵埃一般地活；或是我們互不言語，只在最必要的時候交談，譬如你問：「這些放在我房間的東西要不要你先拿回去？」

那時才發現我根本無法把你當作純粹的一個人。因為你明明是我曾用靈魂每一個角落深深愛過的人。

眼前的人是你，卻又不是那個愛我的人。你輕輕推開了我，在擁抱的時候；你不再興奮地拉著我去看你最喜歡的事物——那是一種，我隨時消失都無所謂的感覺。

永遠不再說話的朋友，還是朋友嗎？和平分開，不過是人的謊言，你所謂的多一點空間，我可以給你。你許過我一個夢境，現在我還你寧靜，情願彼此從未相識，這樣一來，誰也不必遭遇多餘的難過。

接受

記住那些真正愛你的人，

遠離那些捨得讓你獨自疼痛的發生。

該難過的就用力傷心，

流下的眼淚並非白費，

再艱難你也值得被世界善待。

人們總在探尋「忘記」的方法，而怯於「接受」真實的現況。

直至今日，我才明白為什麼人會言不由衷。因為分別的苦澀，真是怎麼都無法說明的。不論相處的長短、深刻，許多回憶終究還是留了下來，包含那些承諾。我像是一支蠟燭，慢慢地燒著，試圖溫暖自己卻很艱難，只能眼見時間流逝，繼續想念著過去的我們。

用時間療傷

好想你，

那個愛我的你，

那個我愛的你。

不想說後悔，也不感到可惜，只是後來我們終究還是不能待在一起。往好處想，我們可以遇到更適合的人。即使和你共度的美好數不盡，但最終你的眼神游移不定，不再讓我觸碰你的心、你所有祕密。

還是很難從你給我的諾言裡清醒，好像一切都只是昨日風景。包含你說愛我會是一輩子的事，包含你記住了我所有喜歡的小東西，包含你說我是世上最特別的存在。要知道，失去信任以後，說什麼都只像辯解。

假如黑色也是一種顏色，我願意在宇宙裡靜謐無語，用時間療傷，把悲傷雪藏，然後相信吧，相信真正適合我們的人還在路上，相信回憶的新陳代謝，會讓我淡忘。

用盡全力

我可以陪你去做任何事情，

但我唯一，

不希望世界傷害了你。

夜晚的星星很美，比不上你對我說的每一個字。晚上可能天涼，可坐在你機車後座的每一次風聲呼嘯都像是詩句呢喃。

我想了一次又一次，是要相愛一場還是不如從未相識，但是當思緒蔓延到遠方，想像那片你還來不及跟我去看的海洋，我發現我可能已經沒有遺憾，也不應再有遺憾。

約定了，分開了以後要做更好的人，站在兩端的岔路，回首看你，只看見你往我不知道的地方走去，好像只有我仍然停在原地，回到最一開始的狀態，可是你已經知道自己要去的地方了，那裡沒有我。

我們都已經盡全力把故事寫到最後，剩下就留給光陰、還給歲月，任它們肆意妄為，一如我們還能放歌大笑、無所不談的模樣。

星星一直閃耀

好像分開是很久以前的事，
或甚至我們從來沒有在一起過。
偏執慢慢被生活磨去，
就像我們漸漸遠離如宇宙。

還是會記得一些很細瑣的證據，但抬頭看見了天空，星星一直都在閃耀，只是我有沒有選擇看見，只是我有沒有流下眼淚。

我有時候覺得自己很笨，但人們說許多事情都是經驗的累積，靠的是歲月的洗禮，我好想大喊說你們根本不懂我的心情，卻又明白，每個人都曾經走過自己不想走的路。

所以你走過來了嗎？還是仍在茫然、困惑、無助？我只是想讓你知道我就在你身邊。世界沒有因為什麼而停止轉動，就像你的光芒不會輕易消散。

我很愛你，我沒有想過有一天我會為了陌生人寫下這樣的文字，但我真的愛你，愛那個很像我的你。

安心停下

努力的人，
已經非常努力了。
只是偶爾也好，
多希望我們能夠休息。

我們總是奔跑著，像是追逐落下的夕陽，懷念潮汐的波瀾，仰望星辰的變換。

我們一直跑著，卻不敢喊累，好像承認了就會失去什麼一樣，但其實大多數時候，我們只是需要休息一下。

因為你我都已經努力得太久，久到忘記初衷，忘記抬頭就能看見的那片天。

哭也沒關係，累也無所謂，你要相信一切都是值得的。沒人拋棄你，世上永遠有個老地方屬於你，有些人永遠愛你，而這一切都不需要原因。你可以安心地休息。

我們都是一路犯錯過來的，但也是這樣逐漸堅強起來的。你害怕沒人會再那樣愛你了，其實你是擔心自己不能再像以前那樣愛誰了。

時常有人問我怎麼走出傷痛，我只是認為，不需要去否認或遺忘，因為那畢竟是人生的一部分，連觸碰都恐懼的部分。遲早我們要接受並承認，靠著一次又一次的練習，告訴自己：「你真的努力過了。」

特別

你也會有只屬於你的，

不同之處，

只是你有沒有發現。

各式的花朵會綻出獨特的香氣；不同的山海有各自非凡的壯麗。人生而獨特，只是等待著被發掘，等著你自己意識到你的不一樣。即使殘缺，也是一種完美。

曾經被呵護的，可能已經被遺忘，他拾起過我，後來放下了我，祈願有一個人可以比他更疼惜我。所以他的「後來」，跟我的「後來」已經分頭朝向不同的未來。

一切什麼都好。我要相信自己很好，我知道自己很好，我明白未來會有更好。太陽東升西落，縱使夜裡仍有陰影，但流過的眼淚，遲早灌溉成花。

不疾不徐

如果累了，
休息也是很重要的，
任何事都不能急於一時。

想到什麼就去做，把過去的枷鎖全部打破，以為自己辦不到的，其實都能辦到，只是欠缺一些勇氣，而勇氣只能靠我們自己的決心。

曾經，有個人對我說了一句話，我馬上潰堤了，像是一直以來忽略的祕密被得知了一樣。他說：「不必強逼自己馬上要走回常軌，因為你真的很努力了。這是不變的事實。」

雖說努力這個詞對我來說有點平常，我也知道除了自己之外也有許多人和我一樣害怕、失望、悲傷著，但至少請允許自己擁有缺憾吧。若世上沒有完美這回事，那就做好分內的事就可以了。

對自己說

述說是康復的一環，
當你能雲淡風輕談論過往，
會發現很多事情，
你不是忘記了，
只是接受了。

放過對方，也放過自己。在關係裡面，像泡在海中一樣載浮載沉，不過度掙扎，不拚命求生，只是安安靜靜漂浮在其間，然後期許有那麼一天，你終於不那麼執著愛是什麼，也能善待自己的軟弱，而不再過分要求。你會告訴自己：你永遠不知道什麼時候，老天要給你一個最大的驚喜。

真正的愛

要相信真正愛你的人，

並不會讓你委曲求全。

因為真愛裡面欠缺的，

不是天造之合，

而是平凡，卻總願替對方著想的兩個人。

他是他，你是你。你們自起初就是喜歡最原始的彼此。假如有什麼不同了，那也是開始相互體貼的過程，而不是單方面的承受或退讓。一味地退讓，不會讓感情因此加溫，反而讓感情容易變質，變成你認不出的模樣，陌生且冷淡。

還會對著過去的人產生愛的念頭嗎？即使深愛過，要是心痛久了，還是會麻痺的，遲早你還是能放下的。所以別擔心，一定、一定還會有人比你愛自己更加地愛你，而你的不堪與黑暗都能被那個人輕易擁抱，你也不必再獨自哭泣。

會好的

冬去春再來，

總有一天會找到出口。

有一天睡醒的時候，恰巧室友還沒出門上班，我拖著一隻受傷的腳走過橫廊去找她，不知道為什麼就想倚著她。我沒有哭，但我明白就算世界崩塌了她都會幫我撐著。

我只是不想辜負任何人，但其實他們都覺得我已經夠好了。他們都說會好的，眼淚不過像氣象預報錯誤的雨滴，哭過就好了，世界會還你一個晴天的，再怎麼樣，都有個人還在找你，而你們只是相遇得晚了一些。

不要擔心害怕了好不好，讓我們相擁在最孤獨的夜裡好嗎？我們都付出過全部，我知道這樣不容易，但還是不能忘記——愛你的人有那麼多。

不須眷戀

開心就大笑，
悲傷就哭泣，
做你自己，
明天再努力。

我希望我們都很快樂，把煩惱延後，放慢速度也無所謂，至少一步一步往前走了。很遠，但知道目的地。

那些眼淚與煩惱，痛苦跟懷疑，總有一天會消散，反而會覺得曾經的自己傻得可愛。後來，他的離開就也變得習慣了。

如果明天就要說再見，誰都不需要多餘的眷戀。

盼望

誰不希望那一句「永遠」，

是真的走到最後一天。

你笑起來真好看，像我見過最美的流星劃過無聲的黑夜，帶走滿腔的寂寞，讓我知道我從來不是一個被世界遺忘的人。

你讓我感覺到自己的珍貴，把我從泥淖中拉出來，回首還是那片藍藍的天，而掌心有你暖著。

好久沒有如此虔誠地希望，用我一輩子換你此後唯一的凝視，只因當我最苦澀的時候，是你敲開了這面牆，讓我又有力量可以繼續前行。

真心

害怕讓別人看見真正的自己，

所以藏起真心。

卻忘了人和人之間，

注重的就是那份誠實與坦蕩。

因為害怕，所有風吹草動都可能驚擾屋內的平靜，試著藏匿情緒，在每個問號之後，都淺淺地笑，而心上深深地疼。

可是我們還是要學會誠實，是啊我還是會想念很多事情，還是會在某個醒來的晨間，不記得自己身在哪裡，又或是化身一條河流，眼淚沒有海水的鹹，卻有分別的苦，還有霧濛濛裡誰的影子。

你怕的不是沒人愛你了；你怕的是你不敢再那樣愛了，比愛自己還愛——所以之後，你要比愛別人還愛自己。往後誰再來到你面前，至少你都能瀟灑地走開。

最好祝他幸福，即使不是你給的，你也好好地劃下句點，用真心交換彼此人生的一個故事，誠實且坦蕩，不愛就不愛，誰也不必介懷。

不再後悔

如果沒人犯錯，
何須抱歉，
不過愛恨交橫，
只是今生沒有緣分，
你我都只是過客。

不要再抱歉，也不必再後悔，把那些名為「溫柔」和「善良」的事物都放下，讓眼淚流淌過我們記憶的痕跡。

或許還愛你，在看見兩人的照片時仍會無意識地笑了；可能會恨你，帶給我快樂又留下了傷痕。在我想你了的時候，你是否會同樣想念我？像是放風箏，我扯著線，晴空下是那樣美麗，卻又讓人多麼害怕失去。

雖然可惜不能走到最後，彼此只是今生必修的一堂課，仍感謝那些擦亮夜晚的花火，映著你的眼，暖了我的心。

錯過

你許諾的那條路，
怎麼越往下走，
越是看不見底的迷惘。

你和我的戀愛長電影，演到最後只剩一句抱歉，對照著過去你曾經的信誓旦旦，都讓別人替你完成了。這樣的結局，你還滿意嗎，或者，你曾思考過嗎，又是何時開始產生的念頭呢？

我有數不盡的問題想問你，但就像過去一樣，其實都指向同個問題，一字不變：「你還愛我嗎？」以前你的回應總毫不遲疑。慢慢地，我不知道是誰消耗了誰。是我們磨合到最後，都丟失了彼此的原樣，還是我們本來就適合待在朋友的位置？

我們的愛情逾期不候，走的時候，誰也沒有回頭。我怕的是你留給我的，只是背影；你怕的，或許是我沒有乾脆走下階梯，沒有真的答應你，好好照顧自己，即使到此時，也已經與你沒有關係。

只能謝謝你，曾經來過我的生命。讓我變得更加堅強，教我看待世界以不同的眼光。偶爾，我還是會夢見我們都喜歡漫步的街頭巷尾。微微的光，在夜裡閃耀。人來人往，還是要向著未知的將來前行。

一點點往前

再黑的夜幕，
再崎嶇的路，
都相信只要我願意，
就有光明和燦爛。

走馬看花，軟嫩的雲朵在天空上繾綣著，一大片的藍點綴著白，我看見柏油路邊的小草勇敢地往上望，像自己明知不會再見到你、仍不時想起你的時候，那個抬頭望著天空的自己。笨拙地擦淚，轉身還是對著大眾歡笑鞠躬。

腦海始終轉著圈圈，我很好奇，如果我們又相遇了，以不同的方式邂逅，是否還會那麼難忘地相戀相惜。

後悔嗎，仔細想想，如果沒有經歷這些，就不會有今天，我終於體會即使冬季揣著炭爐是暖的，也有該放下的時機。譬如我們不能總是緊拉著求生的繩索，就忘了自己天生會漂浮游泳。

用不著一定要立刻把什麼忘記，只要每天一點、一點往前就足夠了。

孩子

只是長大了，
懂得把內心的小孩
往更深處藏去。
但是這並不能真正
解決一切情緒。

我是我自己了，但會不會大家眼中，愛的並不是我。

我一直都很誠實，相信著只要誠懇，宇宙就會回應我同樣的溫暖。只是慢慢到後來，我才明白哪些事不適合說、什麼事不應該做，即使只是一個情緒的衝動。

有時候我對世界說了實話，他們只會當作是笑話或是假話，然後選擇性地看見他們的期望。

記得笑，不要哭，你要善良，不能懷有惡意，站在「好」的一方，黑暗的地方你不能過去，影子也只能永遠在背後。或是不要忘了，說謊的時候嘴角要上揚才顯得真實。

人們定義了生活，我總感覺自己格格不入，快樂、微笑，規格化的美好。這樣的我能不能及格，在每次賣力的奔跑之後，想允許自己有些缺憾，卻還是好辛苦，到底是為什麼要這麼努力呢？是為了一個伸手還是擁抱，或者只是一句「你做得很好了」？

在別人問起疤痕時懂得自嘲，微笑應對任何不想被碰觸的無趣且無語的問話，像睏倦的時候就只想閉上眼睛，只是有些雜音。

快樂就快樂，悲傷就悲傷，給自己足夠的時間去沉浸。即使是哭泣，也會哭到有一天發現其實事情並沒有那麼糟。

最後我選擇擁抱自己內心那個小孩，他的躁動與不安，是身體空洞被風穿過，嗡嗡作響的聲音。告訴他：「你很棒。」已經不需要再過度加油也能夠可愛地活下去，縱使黑色也很美麗，記得多愛自己。

告別

第一次的死亡是物理上的凋零，
第二次的死亡是精神上的消散，
第三次的死亡是澈底地被遺忘。
現在開始我們才算真正地分開，
不再相念，亦不再藕斷絲連。

所謂真正的分開，是怎麼意識到的呢？或許是想做什麼的時候，都只剩下自己的意見了，回到最一開始，再也沒人過問。一個人走了好遠的路，迂迂迴迴真的累了，回頭看滿是淚痕，過去種種彷彿已經是連回憶都顯得狼狽的事情。

曾經說好的你跟我，拉過的小指勾，蓋章。你要我快樂，願我成為更好的人，你說這是你想到最好的方法，即使我言不由衷，只能理解又一個人要離我而去罷了。

曾以為那個人是你，錯認過歲月的鋒利，還是謝謝你，在我最不堪的時候，拉我走到有光的所在。那都是真的，包含遇見、離別，以及最後那一聲再見。

謝謝我們曾經那麼快樂過。

和你告別，也和曾經與你相伴那麼快樂的自己說聲再見，往後的日子還是會天晴，想要流淚就流個澈底，不必遮遮掩掩，不用再一堆藉口，確實地悼念，接著重新整理好自己。

不用為自己設一個期限，也不必再勉強什麼，要知道我們都已經做得夠多了，什麼虧欠、什麼懷念，都留在從前就好，因為雨終究是會停的。我們都已經足夠好了。

文字森林
READING FOREST
文字森林系列 014

黑色也是一種顏色

作　　者　Kaoru 阿嚕
總 編 輯　何玉美
責任編輯　陳如翎
封面設計　木木 lin
版型設計　theBAND・變設計— Ada

出版發行　采實文化事業股份有限公司
行銷企劃　陳佩宜・黃于庭・馮羿勳・蔡雨庭
業務發行　張世明・林踏欣・林坤蓉・王貞玉・張惠屏
國際版權　王俐雯・林冠妤
印務採購　曾玉霞
會計行政　王雅蕙・李韶婉・簡佩鈺
法律顧問　第一國際法律事務所　余淑杏律師
電子信箱　acme@acmebook.com.tw
采實官網　http://www.acmebook.com.tw
采實臉書　http://www.facebook.com/acmebook01

I S B N　978-986-507-153-0
定　　價　350 元
初版一刷　2020 年 7 月
劃撥帳號　50148859
劃撥戶名　采實文化事業股份有限公司
104 台北市中山區南京東路二段 95 號 9 樓
電話：(02)2511-9798　傳真：(02)2571-3298

國家圖書館出版品預行編目資料

黑色也是一種顏色 / Kaoru 阿嚕著 . -- 初版 .
-- 台北市 : 采實文化 , 2020.07
面 ;　公分 . -- (文字森林系列 ; 14)
ISBN 978-986-507-153-0(平裝)

863.55　109007608

采實出版集團
ACME PUBLISHING GROUP

廣	告	回	信
台北郵局登記證			
台北廣字第03720號			
免	貼	郵	票

采實文化 采實文化事業股份有限公司

104台北市中山區南京東路二段95號9樓
采實文化讀者服務部　收
讀者服務專線：02-2511-9798

黑色也是一種顏色

阿嚕 Kaoru——著

文字森林系列專用回函

文字森林
READING FOREST

黑色也是一種顏色

讀者資料（本資料只供出版社內部建檔及寄送必要書訊使用）：

1.姓名：
2.性別：□男　□女
3.出生年月日：民國　　　年　　　月　　　日（年齡：　　　歲）
4.教育程度：□大學以上　□大學　□專科　□高中（職）　□國中　□國小以下（含國小）
5.聯絡地址：
6.聯絡電話：
7.電子郵件信箱：
8.是否願意收到出版物相關資料：□願意　□不願意

購書資訊：

1.您在哪裡購買本書？□金石堂（含金石堂網路書店）　□誠品　□何嘉仁　□博客來
　□墊腳石　□其他：________________（請寫書店名稱）
2.購買本書日期是？______年______月______日
3.您從哪裡得到這本書的相關訊息？□報紙廣告　□雜誌　□電視　□廣播　□親朋好友告知
　□逛書店看到　□別人送的　□網路上看到
4.什麼原因讓你購買本書？□對內容感興趣　□喜愛作者　□被書名吸引才買的　□封面吸引人
　□其他：________________（請寫原因）
5.看過書以後，您覺得本書的內容：□很好　□普通　□差強人意　□應再加強　□不夠充實
　□很差　□令人失望
6.對這本書的整體包裝設計，您覺得：□都很好　□封面吸引人，但內頁編排有待加強
　□封面不夠吸引人，內頁編排很棒　□封面和內頁編排都有待加強　□封面和內頁編排都很差

寫下您對本書或【文字森林】書系的建議：

____
____
____
____
____
____

文字森林
READING FOREST

文字森林
READING FOREST